KB067472

거의 모든 기쁨

거의 모든 기쁨

이소연 시집

시아

차례

거의 모든 기쁨

POET

해석의 갈등

똑똑하다는 사람들이 죽을 때까지 몰랐으면 좋겠다
내 아버지가 누구인지
이씨인지, 이씨인지, 이씨인지

어쩌다 보니 이씨만 만나서 사랑했구나

엄마가 말했지

허물 같은 말을 벗어던지면 그 허물 속으로 들어가 죽
는 사람이 있어서 영원히 허물을 벗는 말이 있다

언젠가부터 내 몸에 달린 것들 중에서 하나뿐인 것들이
창피하다
하나뿐인 심장 하나뿐인 혀
하나뿐인 배와 하나뿐인 배꼽

엉덩이가 갈라진 이유를 알 것 같다

내일은 오늘보다 나은 죄를 짓고 싶다

자기 배꼽에 낀 때를 자꾸 들여다보면 목이 잘린대
한 번쯤은 열어보고 싶은 지하창고처럼
호기심에 문을 열었다가 갇히기 좋지

배꼽이 떨어졌는데 배꼽이 남는다니

바람 든 무를 사온 내게
꼭 저 같은 걸 사왔대
꼭 저 같은 걸 낳은 사람이

"너도 꼭 너 같은 딸 낳고 살아"

흠이 흠을 낳고 있을 때
이씨는 아버지의 형태가 아니고
이씨는 주인이 아니고

이씨는 우상 없는 이름이요 아버지를 넘어선다

집에 없어진 물건이 있는데
도무지 그게 뭔지 모르겠다

타인의 삶

조용한 가스불, 차분한 음악
침묵의 행렬을 지나 동그랗게 웅크린 말들

내가 홍차를 우려낼 물을 끓이고 있었을 때는
첫눈이 십 센티쯤 쌓인 아침 아홉 시였다

채광은 속과 겉이 같아지려 하고
우리는 납작한 사람이 되려 하지

나는 말하는 것을 믿고
말하지 않는 것도 믿고
조금도 가까워지지 않는 무릎과 무릎 사이에서
잘못을 빌고 있다

가스검침원이 여러 차례 방문 중인데도
기분 나쁜 냄새가 나는 건 계획된 누출인가?
당신이 나를 죽일지도 모른다고 생각할 때

눈송이처럼 사뿐한 걸음

이리 오렴 아이야

나는 당신의 말을 믿기 위해서 말 잘 듣는 아이를 키우지

오늘 아침의 홍차는 상처를 씻어낸 물 같아

속눈썹 같은 중력을 본다

찻잔 속에서 가라앉고 있는 것들

여길 나가야 살 것 같은데

침은 입 밖으로 나가면서 더러워지고

내 그림자는 집 밖을 나서자마자 악착같이 끌려다니네

페미니즘을 너무나 잘 이해해주는 남자라는 괴물

빨래 잘하고 청소 잘하고 요리 잘하는 남자가 있다
그런 남자와 연애를 하고 급기야 결혼까지도 했다면
그 남자는 아이마저 자기가 낳았다고 우기면서
거실 창으로 쏟아지는 햇볕 속에서 블라우스를 다려줄
것이다

나는 열 시까지 침대 위에 뒤집어져 있겠지
잠은 어디로 흘러가는지 잘 알면서
남편은 어디로 흘러가는지 모를 것이고
그다지 특별난 것도 없는 여자를 위해
무섭게 아침을 차리고 아이와 함께 출근하는 남편에게
서 발각되는 페미니즘이란 의례

나는 가끔 시어머니의 방식으로 신을 부른다
주여……

떨어뜨리기 좋은 약속들을 하나둘 청소기로 빨아들이면서

반성할 일은 하지 마라, 아들아

요즘은 네가 흘린 부스러기가 너무 많구나

제왕절개로 낳았지 미숙한 일이었지 주여……

반성은 고질적이다

변기 위에 앉아 힘겹게 빠져나가는 구불구불한 오전을
떠올리면

코끼리가 된 것 같고

동물원에서만 이해받는 코끼리에 대해서

손의 일을 앗아간 코에 대해서

손으로 짚은 바닥에 대해서

장식용 주머니처럼 달린 남자의 젖꼭지에 대해서 구실
과 처세에 대해서 생각한다

나와 함께 입덧을 하고

나와 함께 배가 불러오던 남자가

급기야 내 옆에서 라마즈 호흡을 할 때
나는 내 모든 태반을 옮겨 심었지
할례를 하고 침대에 누운 순결한 나의 남자
오, 나는 남자를 너무 사랑해서 내 모든 기관을 주었네
도축을 일삼은 숱한 낮과 밤의 이야기로
오래된 예언서를 써두었네

주여……

　모든 권리를 양도합니다 이 거룩한 아이를 가지소서 내
게서와 같이 당신에게서도 나의 일이 이루어지기를 나의
산통과 나의 내막을 나의 수축과 이완을 모두 드리오며
마땅히 나는 당신의 것입니다

나는 지금껏 아무것도 한 일이 없고
남자의 등에 빨대 꽂은 여자로서
아이를 낳을 때까지 임산부석 앞에 서 있다

저녁엔 흘리지 않고는 도저히 먹을 수 없는 타코라이스
를 먹었다

턱밑으로 잘게 썬 양상추가 떨어져 내렸다

부분 일식

생일이 끝났을 땐

거의 모든 기쁨이 사라졌다

거의 모든 기쁨이 거짓이 되려 할 때

한 사람이 생크림을 뒤집어쓰고 달아나는 바람에

촛불이 꺼지고 다만 한 조각 진심이 남았다

겨우 한 조각이 남은 것에 대해

누군가는 처치 곤란이라고 했다

축하를 끝낸 친구들은

언제나 다시 먹지 못할 음식을 남기고

나는 음료가 반쯤 남은 컵을 치우다 외로워지곤 했다

영혼은 파티를 끝낸 뒤에야 밝아온다

나와 친구들은 생일 케이크 앞에서 사진을 찍었지

진짜는 사진 속에만 있다

운 좋게 학을 봤다며 내게 학 사진을 보내주던 사람의

연락이 끊겼다

더는 학을 볼 수 없다고 했다

학은 살아 있을까?

우리는 왜 슬픈 생각을 먼저 가지려 하는지

눈앞에 보이는 것들의 불행을 모르는 것도 아니면서

귀한 것을 가질 수 없을 땐 마음에서 덜어내려고 노력
한다

부분 일식이 있다는 그 시각에 나는 수면 내시경 중이
었고

잠 속에선 눈이 멀도록 하늘을 올려다봤다

부분을 지운다는 건 그것을 아는 사람 말고는 아무도
모를 일이고

조금도 어두워지지 않는 일식에 대해

아무것도 바꾸지 못한 인연에 대해

우리가 할 수 있는 일이라곤

그것을 아는 것뿐이다

누가 뒤에서 내 어깨를 툭 치고 머리 위로 손을 흔들며

사라지던 여름이었다

여름 옷장

나의 여름은 부족하지 않다

그래서 여름이 아닌 것을 생각한다

여름 아닌 것은 녹지 않고

나는 여름 아닌 것을 듣는다

비는 계속되고 비보다 많은 내가 계속된다

여름 아닌 것을 만져본다

털로 남은 여우와 토끼와 라쿤과 양

옷장이 부족해서 여름 밖으로 삐져나온 맨살들

여름 아닌 곳에서 발견된 책은 지구 종말을 이야기한다

나는 여름 아닌 곳에서

기계에게 버림받고

돌고래는 꼬리지느러미로 서서 박격포를 쏠 준비를 하

지

총구를 마주보는 중이다

더 이상 우리를 참아주지 않는 세계는 이미 건설되고

있다

그러나 나는

여름 아닌 곳에서 해변이 내밀어주는 햇볕을 믿어보는
것이다

여름엔 여름이 와서 반바지와 비키니를 입는다

여름이 너무 많아서

여름을 벗으려고

6월에서 7월 달력을 넘기는 일만큼, 좋은 것은 없다

여름이 더 많이 생기니까

아직 끝을 생각하지 않을 수 있다

여름을 자두나무에서 만졌다고 하는 사람도 있고

입 찢어 잠을 꺼내는 고양이를 여름이라 부르는 사람도
있다

여름이 와도 출근해야 하는 사람이 있고

여름도 사람을 지겨워한다

매미가 여름을 입고 나와서 옷장이 다 헤질 때까지 운
다

그러니까 여름은 몸집이 큰 짐승일수록 좋아한다

날것에게 뜯기고 사는 동안, 여름이 커다랗게 죽는다는
느낌

커다란 사람이 좁은 집 안을 돌아다닌다

나는 조금 더 밀려난다

경계면

몰랐는데 원폭이 떨어졌다
왜 거기서도 아름다운 게 보일까
나를 화장실 구석으로 밀어 넣던 폭음
폭언 폭발 폭로 폭격 폭사 폭풍 폭설

엉덩방아를 찧으면서 나만
뜨겁게 녹아내린다
화난 너를 사랑하고 있었다
네가 나를 밀었는데
사랑은 민다고 밀리는 게 아니구나

아름다운 것이 무엇인지 생각하지 말자

나무에서 나오는 방법은 나무를 통과하는 길*이고
폐허에서 나오는 방법도 폐허를 지나야 하는 길이다

* 프랑시스 퐁쥬, 『사물의 편』(ITTA, 2019).

얼굴이 뭉개진 채

나는 여전히 살아 있다*

벽에 못도 박고

의자를 밟고 내려올 땐 조심한다

부서지는 입술로

해변을 걷는 모래처럼

증오하지 않는다 아무것도

피부가 오그라들며 겪는 것을 영영 볼 수 없는 어제

모든 피륙이 고통임을 깨닫는다

고통도 작은 바람에 씻어내면 무늬가 될까

* 원폭 낙하지점에서 1.7킬로미터 떨어진 곳에서 부상한 후쿠다 스마코의 글
제목.

발바닥이 간지럽다

부전나비처럼 길고 가는 다리에게
나는 질문할 수 있다
왜 아직도 아름답니?
아름다움에서 벗어나고 싶어서
나는 살아 있는 길이다

팽

600년 된 팽나무에 매달린 아이가 날 보고 말한다

아이가 버리고 간 것들
나뭇잎처럼 뱀의 허물처럼 자라

나도 너랑 600년 동안 살고 싶어

팽나무는 아무하고도 끝까지 살지 못했대

사랑해서 우리는 조금 더 늙어버렸지

늙을수록 우람해지는 건 나무뿐이야
늙어도 늙어도 더 늙을 수 있다는 건
다시 사랑할 힘을 주고

마음은 아이가 가지고 노는 탄알 같아

죽는 나무가 있다면
타오르는 나무가 있고
오래오래 늙는 나무도 있지
나무는 할머니가 되어도 고고해
누구의 부축도 받지 않지

너는 허리가 아파 누워 있고
저 멀리 팽나무가 보이는데
내게는 가도 가도 더 가야 하는 길이 남아 있다

팽, 토라진 사람을 달래기 위해
사랑을 멈추지 못하는 저주에 걸렸네

장작 패는 사람

어제 새벽엔 시를 쓰다가 창문을 내다봤는데
술을 깨려고 장작을 팬다는 사람을 만났다
그의 마당엔 쓰러진 나무들이 가득했다

아름다운 마음은 어떻게 가질까
더 아름다운 마음을 가지고 싶다

팬다는 말을 가져본 적 없는 내가
팬다는 말을 가장 아름답게 배우는 새벽이었다
그는 언 손으로 나무를 패려고 겨울을 데려오고 싶다고
했다
이 새파란 여름에
이 지독한 여름에

언 손을 그리워하는 마음은 어떻게 가질까
더 차고 혹독한 마음을 가지고 싶다

프랑스에서도 장작을 패고 과테말라에서도 장작을 패
지만
장작을 패지 않는 나라가 있다면 거기선 아무것도 쪼개
지지 않을 것 같고
쪼개지지 않는 건 가짜라는 생각
있는 힘껏 세상을 쪼개는 남자가 들고 있는 것이
도끼라는 게 믿기지 않았다

자신이 팰 것이라곤 나무밖에 없다는 듯
이대로 끝나도 좋을 것처럼 땀을 흘리는 사람 옆에서
무엇을 위해 장작을 패느냐고 묻기 위해 나는 나이를
먹는구나

날마다 마당에 쓰러진 나무를 쪼개면 거기서
새벽이 태어나는 걸까?

도끼라는 걸 믿을 수 없는 도끼로 나무를 내려쳐서

새벽 창문을 만드는 사람이라고 그는 고백했다

새벽 창문은 다시 오지 않을 창문

내가 단 한 번도 가져보지 못한 창문이었다

굿뉴스

가짜 뉴스를 진짜로 믿는 사람들 속에는
내가 사랑하는 사람이 있다

말은 길어지고
토막 난 것들만이 꿈속을 휘젓는다
상습적이다

왜 독재자를 그리워할까?
아무것도 가질 수 없다는 걸 알면서

제주에서는 유채꽃 만평을 갈아엎었다는데
나는 발에 땀이 나지 않는 사람이라서
산책을 하다가도 땀 흘리는 사람을 그리워한다

그저 굿뉴스를 기다리는 중이야
아침을 망친 뉴스가 사랑하는 사람이 벌인 일이라면
저녁을 먹지 않고 베갯잇을 갈아야지

눈을 감고 헝겊같이 깨끗해질 거야
눈 감는 사람만이 사랑할 자격이 있다는 듯

사랑하는 사람은 지구가 뜨거워진다고 낮잠을 자고
우리는 각자 사랑하는 사람의 전화를 기다린다

봄을 기다리면 봄이 온다고 믿는 북극 사람이 되자 했지
그 말이 아름다워서 머리가 하얗게 세었구나

엄마, 어디 가서 그런 말 하지마

씻지 않고 자요

참, 이상하죠? 저 고양이와 새는 씻지도 않는데
봄날을 힘껏 베고 낮잠을 자요

씻는 일이 자꾸만 귀찮아진다
한 번 씻으면 일주일 혹은 열흘까지 지속된다면

두통을 달고 사는 나는
누워 있는 사람들의 말 속에 따뜻한 물을 받아놓고
언제쯤 씻을지 생각한다
내 새로 사귄 친구 매기는
씻을 때 귀를 남겨두는 습성이 있지
두통은 목소리가 가진 미열을 좋아해
그것이 나의 유일한 씻기야

작은 발을 가지고 지붕 위를 밟고 싶어
두통이 밀려오면
구름보다 모퉁이를 바라본다

참, 이상하죠? 저 고양이와 새는 씻지도 않는데

봄날을 힘껏 베고 낮잠을 자요

단독주택에 사는 사람

단독,

단 한 문장 안에서만 살고 싶다는 말로 들린다

누가 버렸나봐

오늘부터 이 문장 안에서 살기로 한다

개를 버린 사람은 실수로 발자국을 남겼다

왼발이 조금 큰 사람이다

그는 개와 함께 살기 위해

개의 성대를 없앴다

왼발이 조금 큰 사람과 개의 성대는 아무런 관련이 없

지만 나는 거기서 복선을 읽어낸다

함께 살기 위해 개를 퇴고한다

주인의 왼발을 위해

붉은 목줄을 찬 개는 행복하다

개는 행복에 대해서 생각하다가

버려진 사람을 이해했다

개는 생각하고
사람은 짖는다

개가 있고 성대가 없는 집, 개는 발톱으로
소파 시트 위에서 제 목소리를 긁고 있다

개를 철창에 가뒀어
동네 떠돌이 개들이 찾아와 자꾸 올라타니까 불쌍해서

잘 모르겠다 행복이 무엇인지
임신이란 얼마간 불쌍한 것이 되었다

전봇대 옆에 있는 집, 옥상에는 토성을 닮은 물탱크가
있는
아무도 관심이 없는 집
신호등 앞에 문이 있어 자꾸만 반대편을 생각하는 집

불이 켜졌다 꺼졌다 해도 창이 작아서 조용한 집

그 집 담장은 단독으로 서 있는 나무

그 아래 버려지는 문장

누굴 탓하지 않는 사람이 좋더라

얼굴 없는 저녁을 데리고 와서

그가 버리고 간 단 하나의 문장을 살다가 죽어도 좋겠다

해고

등을 돌리면 아무나 와서 내 등을 밀어버릴 것 같습니다

퇴근길 창문에서 서녘의 새떼를 자주 봅니다
작은 머리통들이 나란히 사라지는 걸
왜 자꾸 보게 되는 걸까요?

지평선에서 새들이 멀어지면 깃털이 빠진다고 해요
아주 사라지지 못하는 거죠

그런 날엔, 영하의 날씨에도 창문을 반쯤 열어둡니다

가장 오래 쓴

물건을 찾다가
서랍에서 오이씨를 발견했다

내 태몽은 오이 꿈이 맞지만
서랍 속에 오이씨는 왜 있지?

나는 씨앗을 믿는 사람이 맞지만
오이씨를 심을 만한 사람은 아닌데

씨앗을 간직하는 사람은
씨앗의 얼굴을 본 적이 없고 그러면 혹시…….
펜팔만 하다가 인연이 끊어진 사람의 편지 봉투를 열어
보았다
거기도 오이씨라는 말은 없었다

오이씨를 보내 준 사람을 찾다가
엄마가 생각났다

자꾸 덜 자란 오이를 따는 할머니에게 싫은 소릴 했다가
아빠에게 맞았다고 했다
그날 저녁엔 사람들이 몰려와 엄마에게 비눗물을 먹이
고 토하게 했다
엄마가 부여잡은 놋요강으로 쏟아지던 것을 궁금해하지
말아야지

씨앗은 작은 돌에서 깨어나
주먹 쥔 손을 펼 줄 안다
씨앗만이 지붕에 오를 봄을 준다 했다

작은 병엔 오이넝쿨에 뿌릴 농약을 담아뒀다고 들었고
나는 너무 어렸다

길어지는 뺨을 가진
오이씨를 심으면 좋겠지만

가장 오래 쓴 물건이 오이씨라고 말하고 싶어서

흰 종이 위에 조그맣게

오이씨라고

오래 썼다

대지의 상상력

대지는 두서없이 넓다 아니 누워 있다 평화로워 보인다
이쪽 나무는 서서 죽는데 저쪽 나무는 뿌리를 내린다
지독하고 오래된 가뭄이 시작되었다
대지의 상상력을 읽고 있었을 뿐인데

난데없이 나무들이 내 몸을 파고들었다
내 이름엔 물이 고여 흐른다고 했다
물을 빌리러 왔다고 했다
나는 간과 내장이 뭉그러졌고
대지도 아니면서 내 몸에 뿌리박은 것들이 꿈틀거리는
것을 본다

나는 손가락이 베인지도 모르고 나뭇잎을 한쪽으로 밀
어 넘긴다
발끝에 힘을 모으면 지평선이 잠시 흔들린다

머리만 남아 있는 나는, 나무에 껴 있는 어느 부처가 된다

아니면 나무 묘비를 세우고 있다

훗날 대지가 발견되는 걸까, 나무가 발굴되는 걸까
나무로 꽉 찬 기분으로 누워있다
불안의 책*이 된 나무가 나를 데리고 어디론가 간다
대지는 무엇인가, 뿌리에 밟히는 것이 많았다
가령 지렁이와 개미, 땅강아지와 두더지가 필연을 뚫고
있다

나는 잎사귀와 잎사귀가 만든 창문으로, 새가 날아오는
데
새는 미끄러지지 않고 왜 새소리가 미끄러지는지 그런
질문을
노트에 적고 있다
나는 대지의 몸에 여름을 걸어둔다
그 옆으로 빛이 들어올 구멍보다 빗소리가 샐 구멍이

* 페르난두 페소아.

더 크게 보인다

 그렇게 대지의 상상력으로 긴 한낮을 열고 닫는다

실핀

유리창을 통과하는 노을을 부러워한 적이 많았다
나는 통과가 잘 안 된다

빌딩 문을 통과할 때마다 경보음이 울린다
총기를 소지한 자거나
흉기를 소지한 자거나
한 번도 소지해본 적 없는 세계의 문을 열었다가
누군가와 눈이 마주친 기분

나는 나를 통과할 수도 없고 설명할 방법도 없다

경보음이 울리는 동안
나는 아무 잘못이 없다고 여러 번 생각한다
제목이 「철」이라는 시를 몇 편 썼을 뿐

마음이 피와 살로 뜨거워진다
경비원을 기다리면서는 계속 오줌이 마려웠다

얼마 전엔 친구가 금속탐지기를 샀고

그날 밤엔 운석이 날아와 내 몸에 박힌 꿈을 꿨다

무릎이 삐그덕거린다

웅덩이에 핀 붉은 녹을 보면

철은 물이 된다

돌 속에 집짓기

쪼개보면 오래된 인간을 간직하고 있겠습니다

우리에겐 그저 작은 재앙이 필요했지만
재앙이라는 것은 작게 오는 것이 아니죠
칼을 들고 위협만 하려다가
물컹한 배를 찌를 때처럼
새도 나무도 흘러내립니다
과연 굳어가는 돌 속에 집을 짓겠습니까

지구에 들이닥친 나무는
죽어 종이가 되고
생각은 막 태어난 사슴처럼 쓰러집니다

세상의 끝을 숨겨왔던 풍습이 사라지는 중입니다

푸른 공기로 가득 찬 제목을
지구에서 가져 왔어요

멸망을 바라보는 마지막 주머니 속에서 꺼내 온 것입니
다

저는 믿음이 있어서 그 어떤 믿음도 가질 수 없는 기록
자입니다

죽었어도 지구는 돕니다

지구를 두드리는 빗소리는

포기하지 않아요

집으로 돌아오고 있습니다

비를 피하는 인류의 버릇에 대해서 생각하다

이제 죽어도 상관없겠군 노래를 부릅니다

아무렇게나 지어 부르는 노랩니다

가끔 친구들의 웃음소리가 섞여 옵니다

그리고 돌이 되었습니다

욕창

도마뱀은 고구마줄기 속에서 나왔나
꼬리를 자르고 도망가는 햇볕들
땅속에서 아문 것들이 밖에서 눈을 뜨는 아침이다

줄기만 고랑에 심어놓았을 뿐인데
고구마가 쏟아져 나온다

호미로 찍힌 곳이 흙으로 채워진다
엄마는 길가에 고구마를 깔아놓고 잘 마르라고 둥글린다

햇볕이 만들어놓은 오늘의 정물화
가지런히 말라가는 것을 본다

초록 요양원 옆 고구마 밭
할머니가 누워 있던 침상 같다
좌우로 몸을 뒤집어주는 일을 하면서 엄마는
맞닿는다는 게 얼마나 지독한 일인지 아느냐고 물었다

나는 맞닿는 입술 같은 걸 떠올리다가

링거 같은 줄기 평평한 곳 어디에나 꽂아두면 잘 자라고
고구마는 흙을 일으키는 힘이 있다고 하는데

포항에서 보내준 고구마는 박스 속에서 곰팡이가 슬어
간다
저걸 언제 다 먹을까

'짧게 사는 것도 복이라는 말' 한마디 잘라놓고
달아나는 햇빛 도마뱀

존재와 수산

천국은 죽도시장처럼 생겼지요

은빛 아가미를 칼로 내리치는 선량한 사람처럼요

피가 빠지면 활처럼 당겨진 수평선이 가지런히 누워요

열일곱에 칼을 잡았더니 왼팔이 짧아졌네요

포항에서 눈을 본다는 것은 흔하지 않은 일

아가미 달린 것들이 눈을 본다는 것은 좋은 징조

이건 꿈이 아니에요

하얗게 바래가는 도시를 떠올리세요

떨어지면 살 수 있다고 읊조리며

떨어지는 풍경은 당신 안에 있어요

혓바닥을 내어

떨어지는 눈송이를 받아 먹어요

우럭 맛이 나네요

물에서 나는 것들이 수산이라면

눈은 수산이예요

그렇다면 이것은 무엇인가요

몸 안에 사는 죽음

뼈

죽지 않고

다음을 사는 것들에게 하고 싶은 말이 많았어요

죽고 나서도 죽지 않는 것들에게 피의 이야기를 해줄래

요?

목숨에게 쫓겨났는데 반백을 지났어요

죽도시장에 내리는 눈의 목소리로

눈은 수산

눈에서 **뼈**를 발라요

시간이 존재를 찌르죠

수조 안에선 아무도 나를 믿지 않아요

빨래집게

보통 젖어 있잖아요
우리가 만지던 생각들은

실패한 휴지로 쓰레기통이 넘칠 때
난 왜 그게 욕조 같죠?

내가 사는 동네는
걸핏하면 대야에 담가져 있고

그래도 숨이 멎지 않는 것들을 너무 많이 봐왔어요
누구도 쉽게 죽지 못합니다

젖은 빨래처럼 세상 밖으로 꺼내진 나도
그냥 덮어둘 수는 없어서 페이지를 넘기며 살아갑니다
가끔 귀여운 것들을 안으며 꾸역꾸역
작고 알록달록한 양말들을 집게로 집으며
버리고 갈 수 없는 것들을 생각해요

쓰레기통 앞에서 고꾸라지며 들어요

주워, 네 거잖아

그러면 한 번쯤은 뒤집어 말리고 싶은 것들이 생겨요

탁탁 턴 질투의 어깻죽지를 집어 넌다든가

지체되는 밤을 소매부터 뒤집어 본다든가

밤을 널었더니 새벽 첫차를 기다리고 있다든가

걱정 말아요

방학동에서 시를 쓰는 사람은 아마 지겹도록 살 거예요

고사목

손찌검이 잦았지
다시 돌아오지 않더군

서서 죽기로 결심했어

죽음은 아직 살아 있더라

좌판 위에 뒤집힌 꽃게 한 무더기
가슴팍을 맞고 다리를 허우적대
너는 살아 있다는 걸 확인하려
죽음에 손을 댄다

갑각류의 방식으로
삶을 속인다

가끔 바람이 부는 방향으로
팔을 저으며

이 뜬금없는 좌판을 내려다보고 있다

누가 내 가슴을 치나

'남의 말을 믿지 마시오'
이건 참 믿고 싶게 만드는 말이야

인간의 진화에는 배신이 필요하대*

아무도 붙잡아주지 않아서
목숨이구나

힘이 센 것들은 다 나무 밖에 있고
내 몸은 허물기 좋게 비어간다

우리의 죽음은 진화하고 있다

* 스티븐 핑거.

다시 오지 않을 것처럼 다시 오는

서서 죽어가는 정오가 우리를 위해 서 있다

우리는, 우리의 피를 빼는 것들과 곤란한 사랑에 빠지고
만다

어느 고전주의자의 실눈 뜨기

시키는 대로 합니다
방침을 잘 지킵니다

보풀제거기로 호주머니에 붙은 보풀을 제거합니다

이끼가 돌을 파먹는 것입니까?
돌이 이끼를 키워 먹는 것입니까?

대학에서 강의하고 있습니다
강의를 미룰 때는 곧 끝날 거라고 그때 보자고
불행의 첫 문장에 희망이 있듯이

연체료 없는 세금을 내고
자크 루보 영상을 찍어 올립니다
나무를 찾아가 실눈 뜨고 보는 하늘을 좋아합니다

죽음에 대해 아는 것이 별로 없습니다

아버지 장례 치룬 후엔 오래도록 어머니와 통화합니다
아이를 학교에 보내는 길목에서 죽음을 생각합니다
세 번씩이나 백신을 맞고 생각하는 죽음은
희망적입니다

아침 아홉 시, 커피를 갈아 내려 마십니다
올해는 신발,
책과 모자와 가방에도
피가 흐르는 건가요

눈을 공처럼 뭉쳐 놀던 아이가
놀이터에서 그만 똥을 밟았다네요
나무젓가락으로 신발 밑창에 눌러 붙은 똥을 파냅니다

사는 것이 재미라고 합니다
무엇을 생각하든 살아가는 중입니다
잊지 않고 기념일을 챙깁시다

오늘이 무슨 날이죠?

　사람의 고집이 백지에 머리를 찧고 온화해지면 좋겠습
니다

초록을 흠향하고

다들 집 밖으로 나가지 말자고 하였으나

문 없는 집은 없어서

나의 집이 먼저 나를 이끌고 외출하였다

집은 송장나무*를 찾아가 송장같이 지내는 법을 묻는다

꽃잎은 왜 아래만 바라보는 걸까?

개미는 왜 가던 길을 멈추고 다시 되돌아갈까?

나만 이러는 게 아니라서

비 오는 날 우산을 챙긴 사람처럼 좋았다

굽 높은 신에도 바짓단이 젖고

얼굴을 들면 세상이 물에 잠겼다

약(藥)이 된다는 말을 좋아했다

서로의 반대쪽 손등을 부딪히며 걷는 일은

* 상장나무.

나도 아는 걸 너도 안다는 뜻이어서

말하지 않아도 숨이 차올랐다 우리는

기차에서 내려 죽은 노루를 본 우리는

"치워주고 갈까?"

아직 남아 있는 온기를 치우며 슬퍼하고 있다고 믿는

우리는

나에게서 너를 구하려고 멀어질 때가 있었다

멀리서 사랑하는 일은

비처럼 그친다지

"빗소리 들려?"

멈추지 못하는 호흡들, 헉, 헉, 발밑의 집들이 보인다

지붕, 지붕, 지붕, 없는 것들이 꿈틀거렸다

우리는 초록을 흠향하고 각자의 집으로 돌아갔다

오늘 아침의 식탁

지구는 겨우 나았다
밤새 토해놓은 자리는
말끔히 치워져 있었다
어떻게 이렇게 멀쩡하지?
지구는 자기가 아팠다는 게 믿기지 않았다

지구는 밤새도록 남편 옆에 어떤 여자가 있어서 비좁았다
왜 저 여자는 우리 부부의 침대에 붙어 있지?
지구는 잠을 자는 동안 몸을 뒤틀며 여자를 떨어뜨리려
애썼다

지구는 일찍 일어나 남편이 끓여준 순두부찌개에 밥을
먹으며 물었다

그 여자 누구야?
누구?
꿈속에서 어떤 여자가 우리 침대에 있었어

그럼 그 남잔 누구야?

누구?

꿈속에서 어떤 남자가 너를 데리고 도망가다가 나에게
들켰어

남편은 다시금 커피를 갈았고

지구는 꿈속의 남자를 생각했다

지구를 데리고 도망치려던 남자는 책을 한 권 떨어뜨리
고 갔다

지구는 식탁 밑에서 책 한 권을 주웠다

제목이 『사랑하는 것들이어야 한다, 당신이 줍는 것은』
이었다

지구는 남편에게 그 남자에 대해 말하지 못했다

여자에 대해서도 듣지 못할 것이다

주먹

동네 의사들의 농담 속에선
현재 상황이 임상시험이라면
코로나 백신은 이미 실패한 거라던데
나는 세 번째 백신을 맞고 왔다

15분, 알람을 기다리는
팔목 안쪽에서부터 두드러기가 올라왔다
"여기……"
"그래요, 엉덩이 주사 한 대 맞읍시다"
엉덩이를 내놓고 엎드리면
이 세계의 엉덩이를 찾고 싶어진다
커다란 주사 한 대 놓아서
이 땅 위에 번진 혐오가 사라진다면 모를까

택시 안에서 바라본
도로는 꺾일 줄 모르고
피켓을 든 사람들은 조금씩 전진한다

반대할 수 있기 때문에 인간은 무력해지지 않는다
그들은 주먹 쥔 손을 공중에 박아대며 외쳤다
신호가 바뀌고 읽으려던 피켓의 글자들이 뭉개진다

나는 찬성도 반대도 할 줄 모르고
시달린다
시달린다는 것이 너무 익숙해서
시달린다
두통에 시달리고
고열에 시달리다가
초인종 소리에도 시달린다
내가 모르는 시달림이
문 앞에 상자를 놓고 간다
바람은 나뭇가지에 시달리고
눈은 순수에 시달린다

눈사람도 마스크를 쓰고 서 있구나

인간은 인간의 모습을 보려고 눈사람을 만든다

아파트 입구에서 마주친 눈사람의 입술이 궁금해지는
침대에서

나는 꿈속의 꿈에 시달린다
쥐들이 꿈속을 메우고
나를 쫓는 신은 맹수의 모습을 하고 있다

밤새 시달리고 난 아침에는
유덕기내과에서 수액을 맞았다
간호사는 링거 바늘을 꽂기 전 내게
주먹을 꼭 쥐라 했다

원격 진료

새벽 세 시의 병원은 극장 같고
무대에 오른 의사는 머리에 거울을 달고 있다

나는 납작 엎드린다
누명을 쓴 사람처럼

나를 잊지 말아달라
환자가 의사에게 말한다

지금껏 눈을 똑바로 본 적이 있습니까?

내 잘못이 된다

눈 안에 작은 꽃송이가 들어 있습니다

표현이 증상을 잠식한다

안개꽃을 좋아하십니까?

그는 아주 심각하다
나는 그의 확신이 필요하고
현미경은 고집스럽다

안개꽃이
흰자위를 뒤덮고 있다

수술해야 하나요?
걷어내야죠

창이 뿌옇다
꿈 밖의 초인종 소리처럼

아파트 정기 소독일
약통을 든 사람이

신발을 벗고 들어와

수챗구멍마다 약을 친다

그가 신은 양말에 자꾸만 눈이 간다

죽어가는 해의 꼬리가 창으로 옮겨 붙고 있다

엑스레이 광선 같다

머리통이 짜개질 듯하다

잘못을 시인하기 위해 누명을 쓴다

하루만 납작 엎드려 있으면 사라질 것 같은데

딸꾹질이 멈추지 않는다

무

무가 있고
무가 있어서
무를 썬다

무가 너무 희다

땅속에서 커지는 일과
땅속에서 색채를 버리는 일이
무를 잡고 놔주지 않아서

그는 물을 달라고 했다
내가 내민 물 한 컵 때문에 그가 죽을까봐
끝내 물을 주지 못했다

폐암 말기의 그는 말한다

죽어도 좋으니 물 한 모금만 달라고

자전거를 타고

형산강을 달렸다

강이 바다를 만나는 곳에는 공장지대

수많은 굴뚝과 굴뚝 사이

무채 같은 비가 내렸다

우산만큼 부푸는 단맛을 가지고 싶어

맑게 갠 얼굴을 하고 무를 썬다

그냥 냉장고에 무가 있어서

무를 썬다

나는 애리조나호에 대해 아는 게 없다

애리조나호는
많은 것이 쓸려간 뒤에 떠 있다
사라지고 있다
여전히 침몰하고 있다
물소리가 들려온다

물과 헤어지는 꿈을 꾸고 있다

그는 물을 보면 물을 버리는 사람이었다
복잡해지고 싶지 않았기 때문에

물을 버리는 모습은 물음표 같고
사랑하던 사람과 친구가 되는 건 가능할까?
미국식 연애에 대해서 생각하다가
막상 미국에선 흔치 않을지도 모르지

해변을 걸으면서 쓰러진 나무를 본다

잠든 사람을 깨우려고 침대 위로 떨어지던 일요일 오전

섬세한 것들만이 녹슬어간다면
조금 볼품없는 것을 갖고 싶다
사금파리나 V자 모양으로 휘어진 못 같은 것
버려도 좋을 것들

해변에는 사랑이 넘치고
나는 잘 모르는 사람과 대화한다

계속해서 기름이 흘러나오고 있다

그날 이후 한 번도 농담을 하지 않았다는 사람과
마주 앉아 깊은 역사를 이야기 하고 있다

해안선처럼 부서지고 접히는 애리조나호가 발음될 때
마다

수심 몇 미터를 떠올릴지 고민한다

깊은 것은 역사라고?

시체가 떠오르길 기다린다
사람들이 붐빈다

전쟁은 기다리지 않아도 시작된다

히든 피스

그릇은 흩어지기 위해 모여 있다
그릇은 깨어지기 위해 모여 있다
그릇이 쌓여 나보다 오래 가정을 지킨다

그토록 많은 그릇이 깨져도
멸종되지 않는 오목한 세계
품을 수 있는 세계에 종말이란 없다는 듯
포개진 그릇들, 둥근 바닥마다
인간에게서 **빼앗은** 목줄을 감추고 있다

꽃이 있는 그릇을 가져다주렴
나무가 있는 큰 접시를
새가 있는 작은 종지를
그럴 마음은 없었는데
마음이 생긴다
그릇이 나를 골라낸다

하지를 지나는 감자처럼

그릇이 내게 마음을 들킨다

6월은 5월보다 할 일이 많아

아침저녁으로 물방울이 창에 맺혔다

당신은 장마가 온 걸 알아채지 못했다

옆집 개가 화장실 벽을 긁는다

그릇을 버렸다

따뜻한 스튜처럼 떠먹기 좋은 마음들

골라내는 일에는

강한 어깨가 소용없다

나는 그릇을 씻다 말고

낮잠을 자러 간다

금 간 것은 벽도 아니고 그릇도 아니고

잠결에 듣는 심장 두 개

쇠꼬챙이 정원

물고기처럼 하늘을 향해 침을 뱉어요 작은 목발을 겨드랑이에 받치고 나의 정원으로 들어갑니다 고양이 오줌 자국이 녹아내린 자리에서 채송화꽃은 태어나고요

나는 한쪽 다리 없는 의자에 앉아 쇠꼬챙이로 어제 죽은 두더지를 파묻어주었지요 뭉툭한 손을 가진 두더지가 죽고 꽃의 둘레가 꺼졌어요 땅속에 있는 것이 약하다고 생각하지 마세요 가장 강한 것은 땅속에 있거든요 벽과 나란히 잠든 지렁이는 못이 되었어요

89.1MHz의 주파수 속에 제일 쩨쩨한 이야기를 묻었어요 여긴 잘린 것들의 거처예요 꼬리 잘린 고양이, 발 없는 거위, 손목 없는 손가락장갑, 애꾸눈 선글라스, 척수 없는 마네킹이 소중해집니다

여전히 땅속에 반만 잠겨 있는 나무들, 반만 잠긴 빗소리는 웅덩이가 된대요 속치마로 날개 짓는 방아깨비

해 질 녘의 시간을 가려요 내 얼굴엔 날벌레들이 가득 붙고요 불이 오길 기다렸지만 나사 없는 십자가만이 반짝였어요

눈을 감으면 자꾸만 실눈이 떠져요 아침이 올 때까지 쇠꼬챙이로 정원을 그렸어요 손가락 지문이 다 지워지도록 나는 새의 목도 똑똑 부러트릴 수 있는 아이라서 모자 없이도 태양에 가닿는 방법을 알죠 두 발보다 긴 두 갈래의 머리카락, 불꽃처럼 노랗네요 여름인데 춥고요 겨울인데 눈사람이 자주 녹아요

홍콩 땅콩

이공대 시위가 한창인 때
홍콩의 가사도우미들이 고가도로 밑에 돗자리를 깔고
앉아 있다
집에서 싸온 음식을 나눠 먹고 있다
눈이 커다랗고 콧망울이 붉은 사람이
땅콩을 까먹고 있다
어디에든 평화가 깃들 수 있다는 듯

하나의 껍데기를 부수면 두 개의 콩이 들었다

시인 노트

몸이 들려주는 이야기

"엄마, 집 안에서도 마스크 벗지 마 응? 아빠까지 전염되면 큰일이야."

나는 코로나19 확진으로 인한 격리가 끝나자마자 엄마가 확진됐다는 소식을 듣는다. 엄마는 내 걱정뿐이다.

"너는 몸이 왜 그리 생겨 먹은겨. 괜찮은겨?"

백신 3차를 접종하는 동안 내내 부작용에 시달렸는데 7일간의 격리가 끝나던 날부터 멀쩡하던 유두에서 물이 나온다. 처방된 약에 들어 있던 위장약 때문이라고 한다. 삶이 내 몸을 빌려 저지르는 많은 일이 추접하다. 바퀴벌레와 호밀 알레르기가 있고 만성 변비로 인한 치질과 갑상선암 병력이 있으며 한 번의 임신중절과 출산을 경험한 몸. 구질구질하긴 해도 심각할 건 없다. 나는 이 몸으로 사랑을 하고 사랑을 하고 또 사랑을 한다. 좋아하던 이의 손을 잡아끌고 길가의 액세서리 가게로 들어가기도 하고 남산을 오르기도 한다. 세상엔 사랑할 것이 너무 많고 내게 잊지 못할 슬픔은 없었다. 마음이 불편한 일은 금방 잊었다. 망각은 나의 특기였다. 시들어가는 꽃다발이 꽃병

안에서 다시 생기를 되찾듯 내게도 새 마음이 생겨났다. 트라우마로 여길만 한 일들도 툴툴 털어버렸다. 그리고 어제, 아니 에르노의 에세이『사건』을 읽었다. 사랑과 쾌락을 나누며 남성과 여성의 몸이 본질적으로 다르지 않으리라 믿었던 주인공 '안'처럼 나 또한 그렇게 믿으려 애쓰던 시절을 기억해냈다. 나는 성적 표현에 있어서 매우 자유로웠다. 젠더 의식이 매우 희박했으며 차별적 언행을 마주한 경우에도 젠더와 연관 지을 생각 자체를 하지 못했다. 그러니까 나는 내가 여성으로서 차별받고 있는가의 문제로는 아무것도 생각하지 않으려는 경향이 있었다. 다만 개별적 인간으로서의 '나'가 부당함을 느끼는가 아닌가의 기준에 의해서만 열심히 저항해온 것이다.

나의 부모는 아들 낳기를 소망했지만 결과적으로 딸 둘을 두었다. 처지가 사람을 만든다더니, 아들 낳기를 소망했던 나의 부모는 갑자기 페미니스트가 되기라도 한 것처럼 말하곤 했다. 언제나 부당하게 차별 받아선 안 된다고, 남자랑 여자랑 똑같은 것이라고, 이제는 예전 같은 시대가 아니라고 말했다. 나는 정말이지 우리 부모의 말대로 새로운 시대가 도래했다고 믿었다. 그런 줄 알고 살다 보니 내게 세상은 아름다운 것이었다. 경찰대학에 진학할 생각으로 강한 몸을 만들기 위해 초등학교 6학년부터 고등학교 1학년까지 합기도 도장을 다녔다. 운동을 마친 후엔 또래 남자애들이랑 말타기를 하며 놀았다. 남자들의 가랑이 사이에 머리를 집어넣고 놀아도 아무런 수치심을 느끼지 못했다. 아무도 그것에 대해서 생각하는 사람이 없었기 때문이다. 나는 오로지 어떻게 무지막지하게 올라타야 하나, 어떻게 내가 깔고 앉은 말들을 주저앉힐 수 있을까 하는 생각뿐이었다. 하지만 머리가 나빠서 경찰대학은 가지 못했다.

나는 적어도 부모님 밑에서 자라는 동안에는 기억에 남을만 한 성차별을 경험하지 못했다. 부모님을 떠나 대학 생활을 시작하면서 나는 세상이 내가 알던 것에 비해서는 좀 이상스럽구나 했지만 워낙 무딘 편이라 그냥 잘 살았다. 그런 속에서 나는 곧 느끼게 되었다. 도리스 레싱의 『19호실로 가다』에 나오는 로링즈 부인처럼 여자로서의 부자유를 말이다.

버스정류장에서는 종종 변태 행각의 표적이 되었고, 그 말을 전했을 때 당시 남자친구로부터 "치마 입어서 그렇다"는 말을 들어야 했다. 술자리에서는 자주 불미스러운 일이 있었고, 내가 살던 집 앞에 날마다 뭔가를 두고 가는 어떤 남자 때문에 두려움에 떨어야 했으며 나중에는 이사까지 해야 했다. 누군가가 집 앞에 매일 이상한 물건을 두고 가서 무섭다는데 내 행실을 문제 삼는 사람이 내가 사랑하던 사람이면 그야말로 죽고 싶은 심정이 된다. 일련의 일들을 겪고 나자 무감하게 살아온 내가 보였다. 여자로서의 나를 배려해주는 행동들에서조차도 숨이 막혀오기 시작했다. 기분 좋은 배려도 아주 없는 것은 아니었지만 대체로 부담스럽고 의식적인 것이었다. "너를 위해 내가 지금 내가 하고 있는 것들이야."라며 전시하는 호혜적 의례. 우월한자가 핸디캡을 나눠 가지며 짓는 야릇한 표정의 정체. 그렇게 가까스로 얻은 자유란 진정한 자유는 아니었다. 그들의 호혜적 태도는 오히려 나의 자유를 매우 기이한 것으로 만드는 아주 지독한 것임을 깨닫기 시작했다.

"왜 그렇게 예민해?" 많은 여성들이 차별을 문제시할 때마다 듣는 말이다. 그냥 아무런 이유 없이 사람이 예민해지진 않는다. 이 사회와 국가, 법에 물어야 할 것이 여성에게 물어야 할 것보다 많을 것이다. '여자의 몸에서만 일어나는 사건'은 끔찍했고 그로 인한 차별과 편견은 더욱 끔찍했다. 다만, 나는 고꾸라지고 싶지 않았다. 시를 쓰기 위해서는 끊임없이 여성이란 사실을 확인해야 했으므로 내 몸에 대한 부정적 감정을 강화하는 모든 것들에 저항했다. 그리고 나는 그저 힘없는 목소리로 이렇게 생각할 뿐이었다. 여성 작가들의 작품을 더 열심히 읽자. 사랑해주는 만큼 강해지고 그게 판도를 바꾼다. 우리가 인정해주면 된다. 여러 층위의 페미니즘 사이에서 내 자리를 고민하던 오 년 전의 내가 쓴 글의 한 단락을 다시 읽는다.

"젠더도 권력의 문제 안에 있다. 권력이란 허술한 방법으로는 얻기 힘든 것이다. 여성으로서 우리의 젠더 권력을 구축하기 위해 좀 더 세련된 방법으로 접근했으면 좋겠다. 날 선 비방으로는 어떤 것도 할 수가 없다. 판을 만드는 것은 논란을 만드는 것과는 다른 것이다. 판을 만드는 건 설득의 발판을 마련하는 일이지만 논란을 만드는 건 입만 아프고 마는 일이다.

페미니즘 작품들이 많다. 몇몇의 남자들에게서 종종 자기 취향 아니라며 언급되는 여성 소설가들의 작품들도 그렇거니와 여성 시집들도 많다. 우리가 같이 읽고 향유하고 언급하면 좋겠다. 작가들마다 힘겹게 자기 세계를 견디고 있다. 그 방식이 다를 뿐이다. 스스로를 설득할 수 없는 작품을 누가 쓰겠는가. 김수영에게 보들레르에게 페미니즘 작품을 바라는 일 따위는 이미 늦은 일이다. 이미 죽어버린 작가들의 작품에서 환멸을 느끼는 일이라면 그만하고 싶다. 그냥 우리가 해야 한다. 젠더 권력을 키우기 위해 어떻게 하는 게 유리한지 생각해보아야 한다. 그것이 여성의 젠더 권력을 위해 협조하는 것이 멀리 보아 남성 젠더 권력에도 도움이 된다고 판단하는 사람들이 있는 이유다."

그 이후로 많은 작가들이 썼다. 나도 썼다. 우리가 쓰고 우리가 읽다가 이제 그들도 우리를 읽는다. 그들도 이전과 다른 글을 쓰기 시작한다. 어느새 분노는 사라지고 이 세계에 대한 순전하고 무구한 궁금증만이 남았다. 모르고 견뎌낸 마음의 이야기도 남았다. 나는 이렇게 남은 문장들에서 희망을 본다. 받아들이면서 굽히지 않는 법을 배운다.

세상 모든 게 시로 보이는 병

이것은 무엇입니까?

시입니다.

저것은 무엇입니까?

시입니다.

세상 모든 게 시로 보이는 병에 걸렸다.

이렇게 될 줄 알았다.

　나는 시인과 연애하고 결혼해서 아이도 낳았다. 그와 함께 산 지 십 년이 넘었다. 지겨울 만도 한데 하나도 지겹지가 않았다. 그건 아마도 내가 몰두하고 있는 세계에 그가 함께 있기 때문일 것이다. 우리는 손을 잡고 방학천을 따라 걸었다. 그가 손가락 끝으로 가리킨 곳에는 어김없이 시가 있었다. 어느 날은 오리를 닮은 시가 있었고 어느 날은 잿빛 두루미를 닮은 시가 있었다. 먹색의 잉어들은 맑게 갠 냇물 속으로 붓질을 하러 온 듯 부드럽게 움직이고, 시는 거기에도 있었다. 일렁이는 시. 흩어지는 시. 작은 피라미를 놀라게 하는 시. 왜가리가 다가오면 달아나는 시.

개를 데리고 산책하는 사람들에게서도 시가 있다. 개는 코로 말하는 짐승이다. 코는 반질거리는 개의 말을 담아 놓은 그릇이다. 개는 나쁜 냄새가 있는 곳으로 발길을 두지 않는다. 항상 맑은 것들이 있는 곳으로 간다. 냄새가 좋은 곳으로. 산책을 좋아하는 사람, 인간이 개를 끌고 나온 게 아니라 개가 인간을 끌고 나왔다고 생각한다. 개는 큰길보다 곁길을 좋아한다. 곁길은 사람이 덜 다닌 길이다. 그 길에서는 풀의 생각도 엿볼 수 있다. 인간은 시멘트 깔린 길로 가는데 개는 자꾸만 흙길로 가자고 한다. 흙길에 찍힌 발자국을 보면서, 지금까지 어떻게 살아왔는지 반추해보라고 그래야만 이 질병의 시간을 건너갈 수 있다고 말하는 것 같다.

그가 보라고 한 것은 개가 아니라 시 같다. 서로가 본 것을 이야기할 때면, 심심찮게 하게 되는 말이 있다. "시다!" 그 말 때문에 무엇인가 시가 되려고 꿈틀거린다. 서로의 말에서 시를 발견하는 삶이 재밌다.

친구가 그냥 뱉은 말속에서도 시를 만난다. "이거 완전 시다!" 내가 시로 써도 되냐고 묻고 싶지만 관둔다. 친구는 「고구마와 고마워는 두 글자나 같네」라는 시를 쓴 김은지 시인이다. 두 글자만 같아도 시를 써서 기념하는 시인이 한 말이니 건들면 안 될 것 같다. 친구가 그걸 시로 쓸지 안 쓸지는 몰라도 내 마음속에서 시 한 편이 비눗방울처럼 떠올랐다 사라진다. 그것으로 충분하다. 종종 시를 완성하지 못하더라도 시가 있던 순간들은 소중하다. 시는 목적이 아니다. 시는 시를 쓰는 나를 지속하게 하는 동력일 뿐이다. 이 연속성 위에 내 삶이 놓여 있다고 생각한다.

지난겨울에 본 눈사람은 가슴팍에 흰 종이를 붙이고 있었는데 거기에는 "날이 좋으면 돌아가겠습니다"는 말이 쓰여 있었다. 눈사람을 만들기 위해 사람들은 얼마간 자기 마음을 들여다봤을 것이다. 돌아가야 할 곳이 있는 한 사람이 떠올랐다. 눈사람에게서도 시를 본다. 내가 기억하는 최초의 시는 눈사람에 관한 일기였다.

여덟 살 때의 일이다. 온 동네 사람들이 자기 집 마당에 눈사람을 만들었다. 나도 만들었다. 동생과 나는 엄마가 시키는 대로 했다. 뭘 하는지도 모르고 엄마가 눈을 굴리라고 하면 굴리고 돌멩이를 주워 오라면 주워 왔다. 초등학교에 입학하고는 쓰지 않던 선교원 모자를 씌워주는 것으로 눈사람은 완성되었다. 얼굴 표정이 좋지 않은 눈사람이었다. 나는 엄마와 함께 눈사람을 만드는 내내 이 눈사람이 누구의 눈사람인지만 궁금했다. 나는 나의 눈사람을 만들고 싶었는데 엄마가 원하는 눈사람을 만들었다. 함께 만들었지만, 이 눈사람이 아무래도 엄마의 눈사람이라는 생각을 지울 수가 없었다. 엄마가 구상하고 엄마가 계획한 대로 만들어졌기 때문이다. 눈사람에게 내 마음을 비춰 보기가 힘들었다.

"엄마, 이 눈사람은 누구 눈사람이에요?"

"소연이 눈사람이지."

의외였다. 이 눈사람을 내 것이라고 해도 될까?

그 말에 함께 눈사람을 만들고 좋아하던 순수한 동생이 울었다.

한순간 내 눈사람은 동생의 눈사람이 되었다.

하지만 아무리 생각해도 그건 엄마의 눈사람이었다.

나는 그날 일을 일기로 썼다.

그러자 온전한 나의 눈사람이 태어났다.

세 사람이 함께 만든 눈사람은 하나지만 다 다르게 기억하는 세 개의 눈사람 중 내가 기억하는 나만의 눈사람은 시가 된다. 아무리 누가 가지라고 줘도 쉽게 내 것이 될 수 없는 것이지만, 그 누구도 가지지 못한 것을 내가 가질 수도 있는 것. 나는 그게 시라고 생각한다. 세상 모

든 것에 깃들어 있는 시를 볼 수 있어서 나는 이 세상이
지겨울 수가 없다.

발문

사랑 수행 능력

김은지(시인)

이소연을 화나게 하는 단 한 가지의 방법을 알고 있다. 그건 바로 동식물의 이름을 잘못 말하는 것이다.

"어디서 깻잎 냄새가 나."

공릉동 철길 공원에서 나는 발길을 멈추며 말했다.

"이게 깻잎이야?"

"뭐?"

이소연은 고조된 목소리로 이건 절대로 깻잎이 아니며 깻잎을 모른다는 것은 있을 수 없는 일이라고 말한 후 약간 상처받은 표정을 지었다.

휴대폰 스마트렌즈로 찍어보니 이 풀의 이름은 '돼지감자'로 다른 이름은 하필 '뚱딴지'다.

"정말 뚱딴지같은 소리네."

우리는 웃음을 터뜨렸지만 곧 이소연은 진지해졌다.

"깻잎이란 말이야, 훨씬 동그랗고 보드라운 털이 있고."

어린 시절 자연의 품에서 뛰어놀며 자랐다는 시골 소녀 이소연은 생명들의 작은 차이에 관심을 갖고 기억하는 것을 중요하게 생각한다. 이제 이 풀의 이름을 잊지 않으려는 듯 돼지감자에게 한참 눈길을 보냈다.

동식물의 이름을 잘못 말하는 것 외에 이소연에게 화낼 일이란 없다. 사랑하며 살기에도 시간이 부족하다.

이소연은 나를 사랑한다. 이런 오글거리는 문장을 말해도 될 만큼 나는 이소연의 사랑을 느낀다. 이소연은 가족을 사랑하고 친구를 사랑하고 독자를 사랑하며 지구를 사랑하고 돼지감자를 사랑하고 시를 사랑한다. 누구나 사랑을 한다. 그런데 이소연은 그 대상이 자신의 사랑을 느낄 수 있도록 최선을 다한다. 이소연에게 사랑이란 계속 나오는 화수분으로, 쓸수록 더 잘 쓸 수 있는 어떤 것으로 보인다. 나는 신기했다. 마음을 저렇게 많이 나눠줬다가 책임지지 못하면 어떻게 하지? 그들이 타성에 젖어 더 많은 사랑을 당연하게 요구하면 어떡하지? 관찰 결과 이소연의 큰 사랑을 받는 이들은 온통 이소연을 아끼느라 여념이 없고, 오히려 이소연을 책임지려고 하는 것 같다.

사랑 수행 능력의 비결을 찾을 수 있을까 기대하며 이소연의 시를 읽었다. 첫 번째 시집『나는 천천히 죽어갈 소녀가 필요하다』, 이 제목에서 소녀는 본연의 모습대로 살아가는 존재일 것이다. 여성을 억압하기 위한 불합리한 관습으로 촘촘히 구성된 사회에서 소녀로서의 자신은 버려야만 살아남을 수 있다는 뼈아픈 현실 인식과 함께 그렇다면 자신은 최대한 '천천히' 그 죽음을 유예하겠다는 기발한 결심이 전해졌다.

『나는 천천히 죽어갈 소녀가 필요하다』에 수록된 첫 번째 시「철」의 마지막 문장은 '철을 바다 가까이 두는 게 더는 이상하지 않았다'로 끝난다. 여섯 살의 소녀는 바다를 들으려고 눈을 감았다가 철조망에 걸려 뺨이 찢어진다. 대체 왜 철을 치우지 않는지 궁금하지만 그것이 더는 이상하지 않을 때까지 철은 그곳에 그대로 있다.

누군가 치우지 않는 이 세계는 '호기심에 문을 열었다가 갇히기 좋은(「해석의 갈등」)' '마음은 아이가 가지고 노는 탄알 같은(「팽」)' '손가락이 베인지도 모르고 나뭇잎을 한쪽으로 밀어 넘기는(「대지의 상상력」)' 위험한 곳으로 순전한 존재들이 다치고 위기에 처한다.

약(藥)이 된다는 말을 좋아했다

서로의 반대쪽 손등을 부딪히며 걷는 일은

나도 아는 걸 너도 안다는 뜻이어서

말하지 않아도 숨이 차올랐다 우리는

기차에서 내려 죽은 노루를 본 우리는

"치워주고 갈까?"

아직 남아있는 온기를 치우며 슬퍼하고 있다고 믿는 우리는

나에게서 너를 구하려고 멀어질 때가 있었다

멀리서 사랑하는 일은

비처럼 그친다지

"빗소리 들려?"

— 「초록을 흠향하고」 부분

  우리는 노루의 죽음을 그냥 지나치지 못한다. 아마 로드
킬을 당한 노루일 것이다. 비를 맞으며 노루를 '치우는'
동안 슬픔에 자리를 내어주면서 화자는 그 일이 나에게서
너를 구하는 일이라는 것을 알아차린다. 사랑하는 일은
이토록 깊은 작용으로 삶을 변화시키고 '비처럼 그치'는
감각적인 경험이었다.

'음료가 반쯤 남은 컵을 치우다 외로워지곤 했다(「부분일식」)'는 시인. '치우는 사람'을 생각하며 작품들을 다시 읽자 문장의 억양은 달라졌다.

> 가끔 귀여운 것들을 안으며 꾸역꾸역
> 작고 알록달록한 양말들을 집게로 집으며
> 버리고 갈 수 없는 것들을 생각해요
>
> 쓰레기통 앞에서 고꾸라지며 들어요
> 주워, 네 거잖아
>
> 그러면 한 번쯤은 뒤집어 말리고 싶은 것들이 생겨요
>
> ─「빨래집게」부분

네 것은 네가 주우라는 말이 더이상 차갑게 들려오지 않았다. 사랑을 수행하는 일은 내 것을 내가 줍는 일, 우리가 본연의 기쁨과 즐거움을 만끽할 수 있도록 세계를 치우는 일에서 시작되는 것은 아닐까? 그렇게 했을 때 '나는 말하는 것을 믿고 말하지 않는 것도 믿고(「타인의 삶」)' 불행의 첫 문장에 희망이 있듯이(「어느 고전주의자의

실눈 뜨기」)' '이씨는 우상 없는 이름이요 아버지를 넘어서
(『해석의 갈등』)'는, 반어와 아이러니와 불가능을 모두 뛰어
넘는 힘을 얻게 될지 모른다.

　이소연을 마치 동식물의 정령이라도 된 듯이 바라보고
있는 나 역시 그저 본연의 삶을 살아갈 뿐인 이소연을 어
떤 틀에 가두는 건 아닌지 조심스럽다. 그렇지만 이소연
의 글쓰기를 옆에서 오래 지켜본 사람으로서 '사랑'이 이
소연 작품의 공통된 소재이며 구조이고 테마라는 것을 말
하지 않을 수 없었다.

　확인 차 이소연에게 전화를 걸어봤다.

　"예전에 내가 깻잎 같다고 한 식물 이름 기억나?"

　"돼지감자?"

　나는 웃으며 전화를 끊었다.

이소연에 대하여

이소연의 '뇌태교의 기원' 외 4편은 단번에 심사위원들의 눈을 사로잡았다. 음악이 깃든 전언은 아름답고, 정교하게 구축된 문장은 매혹적이었으며 다양하게 변주되는 어조는 화려했다. 그러면서도 과장도 과소도 없이 제가 가야 할 사유의 목적지에 정확히 이르고 있었다. 시편들이 고른 성취를 보이고 있는 점도 신뢰할 만했다.

권혁웅, 김기택, 최승호(2014 한경신춘문예 심사평)

이소연 시인은 타자에게 자신을 드러내거나 반대로 자신이 타자를 이해하기 위해, 환부로 소통한다. 피 흘린다는 것은 그의 시에서 증언의 방식에 가깝다. (...) 따라서 이 시집(『나는 천천히 죽어갈 소녀가 필요하다』)에서 상처는 자아를 파괴하는 균열이 아니다. 상처는 삶을 감수하는 만큼 필연적으로 받아들여야 하는 운명이다. 어떤 의미로 시인은 죽음까지 불사르는 듯한 인상을 남기는데, 이때 상처의 추구는 오히려 삶에 가까워지려는 노력이다.

박동억, 「피부로서의 자아」(문학동네 2020년 가을호)

K-포엣

거의 모든 기쁨

2022년 7월 27일 초판 1쇄 발행
2022년 11월 30일 초판 2쇄 발행

지은이 이소연
펴낸이 김재범
인쇄·제책 굿에그커뮤니케이션
종이 한솔PNS
펴낸곳 (주)아시아
출판등록 2006년 1월 27일 제406-2006-000004호
주소 경기도 파주시 회동길 445
전화 031.944.5058
팩스 070.7611.2505
이메일 vvvbookasia@hanmail.net

ISBN 979-11-5662-317-5(set) | 979-11-5662-601-5

* 이 도서는 한국문화예술위원회의 2021년도 아르코문학창작기금 지원사업에 선정되어 발간된
작품입니다

바이링궐 에디션 한국 대표 소설 목록

최근에 발표된 단편소설 중 가장 우수하고 흥미로운 작품을 엄선하여 출간하는 〈K-픽션〉은 한국문학의 생생한 현장을 국내외 독자들과 실시간으로 공유하고자 기획되었습니다. 원작의 재미와 품격을 최대한 살린 〈K-픽션〉 시리즈는 매 계절마다 새로운 작품을 선보입니다.